그리움이
달빛을 품을 때

그리움이 달빛을 품을 때

리국 시집

세월이 흐르면 무뎌질 줄 알았던 그대라는 이름은,

왜 이리 아직도 뜨거운가

좋은땅

돌이켜 보면 아둔했고, 게을렀고, 끈기도 없었습니다. 느지막이 철이 드는가 싶었는데 아닙니다. 이젠 시를 망가트리는 우를 범하게 되었습니다. 미안합니다.

문재(文才)도 없는 인간이 감히 시(詩)를 썼습니다.

시마다 한 얼굴이 서성이고 있습니다. 오래전 떠나보낸 이들의 뒷모습입니다.

그 얼굴은 어머니의 품이며, 골목길 함께 뛰놀던 동무들의 웃음소리이며, 인사동 뒷골목 술집에서의 수작(酬酌) 같은 것입니다. 옛 정인(情人)의 정취는 더욱 아른거립니다.

그 얼굴들은 단순한 추억이 아닙니다. 나의 서정(抒情)이며 사랑입니다. 내 영혼의 숲에 뿌리내린 가장 거대한 나무들입니다.

없음으로 존재들은 더욱 커집니다. 저는 그 그리움의 그림자를 따라갔습니다.

생의 오후에 맞닥뜨린 정체모를 허무, 타국살이라는 처지는 그리움을 더 깊게 만듭니다. 난감합니다.

이 그리움이 나를 삼킬까 산으로 향했습니다. 내 안에 번지는 그리움을 타고 산을 넘습니다. 셰넌도어의 산과 숲은 내 그리움의 목욕탕입니다. 산을 오르내리며 마주한 꽃과 바람의 향기는 그 그리움을 묵묵히 받아 주고, 위로하고, 정화시켜 줍니다. 모든 사무침과 세상의 모순을 묵묵히 품어 안는 넉넉한 마음이 그 숲과 산에 있습니다.

  그리움이 달빛을 품을 때

첫 시집입니다. 사무치는 그리움을 동력 삼아 산을 넘고, 사람을 만나고, 삶의 모습을 제 생각대로 그려 본 미생(未生)의 비망록입니다.

여전히 얕고 서툴고 미숙합니다. 그럼에도 이 책장을 넘기는 당신의 손끝에, 제가 산길에서 마주했던 그 눈부신 신록의 봄빛과 애틋한 온기가 전해지기를 소망합니다. 잠시라도 그리운 사람을 생각하는 아련한 시간에 젖어들길 바랍니다. 못난 글들이 부디 여러분의 너른 품에서 비로소 정화되기를 간청 드립니다.

제 글의 부족함을 일깨워 주신 시인 박이도 교수님의 따뜻한 가르침에 감사드립니다. 내가 사랑해 온 얼굴들, 내 곁의 모든 분들에게 말로 하지 못한 정(情)과 고마움을 전합니다.

2026년 초봄, 워싱턴에서

리국

목차

산과 꽃 이야기

사랑 이야기

세월이 흐르면 무뎌질 줄 알았던 그대라는 이름은,

왜 이리 아직도 뜨거운가.

사랑의 정의

사랑은 섬입니다
멀리서 보면 아련한
가까이서 보면 처절한

사랑은 달입니다
밤의 미소로 피어났다
눈을 뜨면 사라지는

사랑은 꽃입니다
눈부시게 바라보다
문득 시들고 마는

사랑은 공(空)입니다
웃어도 웃을 수 없는
울어도 울 수 없는

그래도 사랑은
단 한 번의 입맞춤도 아까운
한없이 성성한 순결

자작나무 흰 숲에 내린
푸른 하늘의 그림자

가장 아름다운 시간

사랑은 7월 장미처럼 스러졌다

너를 보내고
짧은 여름밤이 서러워
반딧불처럼 울었다

정념도 한 순간이라
오지 않을 미륵을 기다리는
청맹과니처럼 흐느꼈다

그대는 봄비처럼 다정했고
백련처럼 그윽했고
고흐의 푸른 별처럼
서럽게 아름다운 시간 품어 냈다

그대 앞에서 난
발레리나의 발끝처럼 환희에 떨었고
붕(鵬) 만난 소년처럼 힝힝거렸다

사랑은 제국의 윤리처럼 허망하고
짐 풀은 나귀처럼 쓸쓸하다지만
진달래 꽃술 한잔에
그대 이름 나직이 불러 본다

가장 아름다운 시간은 지금이듯
나의 사랑은 언제나 현재다

사랑의 사중주(四重奏)

너의 눈동자에 갇혔을 때
나는 아침이슬처럼 떨었다

너의 미소에 꽃이 피었을 때
내 심장은 세계를 두드렸다

너의 뒷모습이 머뭇거릴 때
난 가슴 졸이는 작은 새였다

너의 목소리가 다정해지자
난 뜨겁고 지순한 불꽃이 되었다

당신은 영혼의 지문(指紋)처럼
내 안에 들어왔고
숭고한 나의 우주임을 깨달았다

그러나 마법은 깨졌고
홀로 남겨진 지금, 그리움은
아지랑이처럼 매일 피어오른다

당신이 없음에 당신은 더 커졌다

다시 사랑할 시간

봄을 여읜 내게도
봄이 왔다

불안한 대지 위로
연초록 꿈, 순결히 펼쳐지고
아카시아 꽃향에 숨이 막힌다

담장 너머
수런거리는 꽃의 언어에
책을 덮고 뛰쳐나가 보아도

연화(蓮花) 같은 네 얼굴 보이지 않고
바람만 숲에서 너의 이름 부른다

어디에 있을까
사랑하고 싶어 가슴이 미어터진다
5월, 다시 사랑할 시간이다

그대 이름만

18

잡을 수 없음에
애달픈 사랑

다가갈 수 없음에
외로운 사랑

돌아갈 수 없음에
더 사무친 사랑

아, 사랑이여
그대 이름만 불러 보네

그렇게 살고 싶었습니다

그렇게 살고 싶었습니다
함께 웃고 함께 눈물짓고

그렇게 살고 싶었습니다
고단한 그대 가슴 품어 주며

그렇게 살고 싶었습니다
정체 모를 삶의 길
당신 지켜 주고 당신만 생각하며

그렇게 도반(道伴)이 되고 싶었습니다
한결같이 그렇게

나비의 꿈

그녀가 떠났다
나비는 바다에 빠졌다
무력(無力)과 무의(無意)는 돌처럼 무겁고
나의 세계는 사라졌다

오! 나의 존재
그녀는 나였고 나는 그녀였다
그 미소는 아직 오지 않은 신처럼 경탄스런 것

길을 잃었다. 지난봄…
사(死)의 맹서는 작별의 우의(寓意)였나
주왕 아래서 암연(暗然)은 걷히지 않았다
사랑한다는 말조차 충분하게 못 했다

망각은 신의 선물이 아니다
평생 후회하고 그리워하며 살 것임을 알고 있다
그게 슬픈 나비의 진여(眞如)다

끝나지 않은 노래

다시 7월,
돌아온다는 말 한마디 없이
그대는 떠나가고
울음 대신 먼 하늘만 바라보았다

긴 시간,
남겨진 건 추억만이 아니다
그리움은 청량(淸涼)의 하늘에 떠 있고
미련은 깨고 싶지 않은 꿈처럼 아른거린다

마파람에도 흩어지지 않는 애련(愛戀)
어찌 할 수 없음에
흐붓한 기억의 길을 더듬는다

그게 아무것도 할 수 없는 나의
사랑을 간직하는 방식이다
나의 소슬한 사랑 노래는 아직 끝나지 않았다

그리움 이야기

정주하지 못한 자가 부르는 방랑의 노래이며,

자기 삶에서 헤매는 자가 자신의 심장을 향해 뿌리는

향수 같은 것이다.

이별 아닌 이별

그대 떠났어도
이별은 아니었네
난 차마 보내지 아니 한 것을

그대 떠났어도
이별은 아니었네
당신의 꽃, 시들지 아니 한 것을

그대 떠났어도
이별은 아니었네
내 고독 위로 그대 별빛 떨어지는 걸

그대 떠났어도
이별은 아니었네
내 그리움 삭지 아니 한 것을

그대 떠났어도
내 마음 안에 살아 있네
그 미소, 그 목소리, 하루도 잊은 적 없네

이별 후

너를 보내고
마른 바람 왜 그리 불던지
홀로 남은 길
눈물 없는 슬픔만 가슴을 때린다

어차피 생은 혼자인 걸
다짐해 봐도
서러운 연모(戀慕)는
국경을 헤매는 집시처럼 찾아온다

님은 저만치 있는데
내 사랑의 윤리는 황혼 속에 다투고

기다림조차 사랑이기에
노을 뒤에 숨은 그리움은 지지 않는다

내 그리움과 작별할 수 없네

어느 봄날
그녀가 말했지
마루가 있는 한옥에서 살아 봤으면…

종묘 대청마루에 봄빛은 정겨웠고
난 헤세처럼 속삭였다
"다른 길은 없어. 필연인걸."

봄은 잡힐 수 없는
어찔한 욕망을 불러일으켰고
난 진실한 직분자가 될 것임을 의심치 않았지

하지만 삶은 나를 속였어
그녀의 소박한 꿈은 질식되고
초연한 견딤은 무너졌지

아, 나는 인의(仁義)의 배반자
소박한 꿈조차 들어줄 수 없는
무력한 바보, 바보, 바보

살아 숨 쉬는 이 혼돈이 싫어
자학의 은둔자가 되고 싶지만
그럴 수 없네, 그럴 수 없어

  그리움이 달빛을 품을 때

깨어나고 싶지 않은 꿈이 있기에
봄빛 담채(淡彩)로 그려 내는
소박한 퇴헌(退軒)을 버릴 수 없기에
이 잠들지 않는 그리움과 작별할 수 없네

너는 나의

너는 나의 달꽃(花月)
눈부시고 온유한

너는 나의 화풍(和風)
선선하고 꿈결 같은

너는 나의 속리(俗離)
청정하고 무구한

너는 나의 사랑
내 생애, 단 한 번 찾아온

아, 너는 나의 가장 아름다운 세계
언젠가 다시 만날 윤회의 촉감

그대 온 날

꽃을 바칠 수 없다
그대 생명으로 온 날에

다만
지상의 경의를 담아
노래를 부르리라

당신 걸음에 빛 가득하게
이 그리움 터지도록

가난한 사랑

아직 난
미련을 털어 내지 못했다

아직 난
내 안의 사랑을 떼어 내지 못했다

나의 입술은 아직
슬픔에 겨워 무겁기만 하고

내 가난한 사랑은
술잔에 어린
그대 얼굴 보며 울고만 있다

가을은 가혹하게 아름다워 가고
달은 그대처럼 화사하기만 한데

나, 이 계절을 감당할 수 없어
그대 이름 나직이 불러 본다

아, 그리움은 나의 일생이 되었다

목련꽃 피던 날

조바심 내던 삼월의 밤
당신의 소리였나?
무명을 뚫고 나오는 호들갑

겨우내 숨죽여 온 본능
낡은 육신 위에 피어올리고
보랏빛 육체는 연정의 열망

누굴 향한 애타는 사랑인가
그리워, 그리워
한 생애, 너처럼 살고 싶다

행복한 사람

4월 서귀포의 미풍 같은
당신의 미성을 들을 순 없어도
나는 행복한 사람입니다

연둣빛 숨결 토해 내던
봉화의 봄길을 함께 걸을 순 없어도
나는 행복한 사람입니다

무교동 선술집에서 마주 앉아
정담을 나눌 순 없어도
나는 행복한 사람입니다

지난 시간은 당신의 선물
당신은 나의 봄꽃이었습니다
시들지 않는 아파테이아의 꽃

휘황한 기억에서 불어오는
당신의 온기에 가슴이 따뜻해집니다

지난 시간을 애탐(愛貪)하며
이 화사한 봄을 추억합니다
행복하게, 행복하게…

9월의 노래

높아진 하늘 보고 알았습니다
어느덧 오신 당신

거친 욕망 사위어 가고
겸허함 찾아와서 알았습니다
선지자처럼 다가온 당신

사방 돌아보니
산은 무명의 덩어리 벗어던졌고
당신의 숨결이 그리워 일어나는 들꽃들

염천을 지나 찾아온
이 순리의 반정(反正)에
다시 고개를 숙입니다

이 9월에는
그리운 사람, 더욱 그리워질 것 같습니다

하늘처럼, 들꽃처럼
당신을 향해 다가가고 싶습니다

가을엔 잘못이 없다

추색(秋色)에 스며든 노오란 섭리
지난여름 정염(情炎)에 화상 입은 상처인가
멀어져가는 사랑의 토설(吐說)인가

산 아래 바람에 릴케의 열매는 익어 가고
흔들리는 마음 겸허히 붙들고 고개 들면
10월 하늘은 꽃 양산 든 여인처럼 눈부시다

고운 님 같은 이 가을엔
고독을 향한 결의 대신에
이백처럼 월하독작(月下獨酌)하고 싶다
사라져가는 모든 아름다움을 위해…

그리곤 호궁(胡弓) 소리 들으며
그리운 사람 그리워하다 잠이 들까 한다

이 가을엔 아무 잘못이 없다

겨울연가

세년도어 산릉에
하얀 비정(非情)이 꽃비처럼 내렸다
산은 침묵마저 삼켰다

어디로 갔나, 그대 자취
연둣빛 봄숲, 가슴 먹먹하던 가을 하늘
미혹이었나, 함께 한 시간들이

저 산모롱이 돌면 계실까
눈 감으면 오시려나
이 정적에 그리움마저 덮일 순 없다

가슴 깊이 묻어 둔 그대 그림자
한 줄기 눈바람에 일렁인다

산과 꽃 이야기

당신의 숲에 평온한 바람 한 점 불어 가기를

산

가장 높은 곳에서
가장 깊은 침묵으로

만년을 굽히지 않고 서 있는
고독한 진리의 수행자

바위마다 깃든
고대의 충직한 언어들

숲의 고요한 위엄
그 안에 깃든 생명들의 소란

시들 운명을 초월한
꽃들의 황홀한 향연

하늘과 포옹하는
구름은 당신의 숨결

당신의 어깨 위로
달이 눈을 뜨면

가장 높은 곳에서
난 가장 낮아진다

산꽃

그리움이 달빛을 품을 때

5월의 숲에서 만난 그대
세넌도어 산정 고목 아래
지난 설움도 잊고 웃고 있구나

봄바람의 입맞춤에 깨어나
청신한 세 잎 역사 이뤄 낸
고결한 너의 수고

순결하게 눈을 씻고
널 바라보느라
길을 잃을 뻔했다

파랗게 물든 내 마음
나는 언제나
5월 속에 있고 싶구나

그리움이 달빛을 품을 때

산이 부르는 이유

당신을 만나는 기쁨에
매번 잠을 설친다

왜냐고 물으면
딱히 할 말이 없다

그래도 좋다
당신이 있어 그냥 좋다

당신을 오르면 숨이 가쁘다
힘들어 절로 세상사 잊는다

땀방울 흘릴 때마다
내 헛됨도 흘러 나간다

지친 배낭 내려놓으면
왜 왔느냐 묻지 않는다

다만 쉬어 가라고
푸른 계곡 내어준다

흰 구름 감도는 산정 오르면
겹겹 봉우리, 그리움 일깨운다

새들은 산꽃을 희롱하고
뭇 생명의 소리들 정겹다

숲은 아픈 기억 씻고 가라
무심한 바람소리 들려준다

가던 길 멈추고 바라보면
당신은 크고, 깊으며
위엄 있고 온화하다

당신 품에 안길 때
내 안에 푸른 하늘 가득 찬다

산은 오르는 곳이 아니라
나 자신이 되어 내려오는 곳이다

그리움이 달빛을 품을 때

숲의 세상

홀로는 외로웠나
개별의 고독이 모였다

초록의 숨결로 단장한
넘실대는 너의 자태

뿌리마다 얽힌
오래된 지혜의 속삭임

잎사귀마다 새겨진
깨달음의 조각들

가지로 뻗어 나가는
성성한 선어(仙語)들

말하지 않아도 저마다
알 수 있는 마음 흐르고

고단한 바람에 쉬어 가라
다정히 손짓한다

스스로 내세우지 않으며
숲은 함께 세상을 연다

사계

봄은
시집가는 날, 새색시 볼의 홍조 같고

여름은
여드름 숭숭 난, 10대들 웃음소리 같고

가을은
헤어지는 연인의, 애틋한 뒷모습 같고

겨울은
설원에서 가부좌 튼, 고요한 여인 같다

숲의 사계

봄이면 넌
연둣빛 고사리 손 흔들며
설레는 숨결 토해 내면
꽃들이 미소로 반긴다

여름이면 넌
굳건한 허리 홀로 세우고
서로의 그림자를 안고
태양 향해 박장대소한다

가을이면 넌
붉고 노란 지혜의 색
발치에 떨어트리며
짧은 이별을 속삭인다

겨울이면 넌
흰 눈으로 청춘을 덮고
알 듯 모를 듯
고독한 울음을 삼킨다

하염없이 바라보고
바라보면 볼수록 좋은

바람이 전하는
네 그리움의 사연 들으며

난 너의 안에서 숨 쉬는
숲의 아들이고 싶구나

4월에는

누가 오시기에 저리도 야단일까

들리는가,
재잘대는 꽃들의 웃음소리가

보이는가,
노란 꽃신 신는 무희들의 설렘이…

새 생명을 꽃피워 내는,
달콤한 후회를 부르는
환희의 아우성에 입술이 뜨거워진다

이 신생(新生)의 4월엔
해묵은 슬픔은 허물고
찬란한 재생의 축제를 열자

낡은 삶 위에 연분홍 꽃등 켜고
못 견디게 그리운 사람의 이름을 불러 보자

다람쥐의 봄나들이

향긋한 봄바람에 선잠을 깼나
봄이 그린 수채화에 취한 아기 다람쥐

지난겨울 묻어 둔 도토리의 기억을 떠올리며
마음껏 뛰어놀 생각에 마음은 설레어만 간다

보랏빛 꽃 사이로 생명이 약동한다
봄 숲에서는 삶이 꽃이고 꽃이 삶이다

아기 다람쥐에게도 사람에도
5월은 인생의 가장 아름답고 행복한
'화양연화(花樣年華)'의 계절이다.

사진 = 김원경(워싱턴사진작가협회)

봄비

그대 바라보네
동백 움트는 마당에서

천공을 유영하다 문득
지상을 향한 당신의 열망

잠든 대지와 몸을 섞는
그대는 봄의 정겨운 연인

처녀의 치마 나풀거리고
동백꽃 바알갛게 터졌다

6월이 오면

찔레꽃 피었다. 하얗게 하얗게…
꽃의 미소처럼 번지는 낮의 따사로움
문득 겉옷 벗어던지고 떠나고 싶다

양귀비꽃 피었다. 붉게 붉게…
성스럽게 번지는 해 질 녘의 선선함
야속한 세상사 다 잊고서 동네 길 마냥 걷고 싶다

보름달 아니어도 좋다
6월이 오면, 내 삶과 함께 걸어가고 싶다

7월 폭포

72

쏴아~
깊어진 여름의 정기 우려 낸
너의 힘찬 물줄기

고단한 어깨 위
삶의 흥건한 땀 훔치고
그윽히 널 바라보니

윤회의 물길 따라
저 마른 대지 위에
데메테르의 축복 쏟아지리니

의심치 마라
염소뿔 녹는 시간 지나면
삶은 꽃밭이 될 것이다

가을로의 초대

셰넌도어* 산정에서
흰 구름이 작별의 손짓을 하고 있다

지난여름은 위대했다
태양의 축복을 받은 숲과 새, 꽃들은 곧
가을의 정원으로 우리를 초대할 것이다

그 정원이 빚어 낼 삼색의 밀어(密語)들은
그리움을 깊게 하고 사랑에 눈을 뜨게 할 것이다

가을을 찬미할 줄 모르면 진정한 무신론자가 아니다
신의 위대함을 믿어라. 적어도 이 가을엔

*셰넌도어(Shenandoah National Park): 미국 워싱턴 인근의 산

Dolly Sods 고원의 가을

붉은 들꽃의 향연은
칸느의 양탄자보다 더 붉다

홍엽(紅葉)의 콘서트에 산객들은
바람난 들개마냥
달리 사즈*로 달려간다

고원의 마법 같은 바람에 달뜬
키 낮은 허클베리들
'Lady in Red'** 연주하고

소심했던 여인들
화려한 스카프 두르고
붉은 입술에 노래를 담는다.

* 달리 사즈(Dolly Sods)는 미국 동부 웨스트버지니아에 있는 고원지대.
** 크리스 드 버그(Chris de Burgh)의 노래.

추념(秋念)

너는
지난여름 흘린 정열의 핏자국이냐
돌아오지 않을 시간을 붙들려는
농염한 교태냐

추념(秋念)에 젖어드는
먹먹한 가슴 채울 길 없고
진달래 술병 속 향기는 짙어만 간다

아, 10월이여
너의 미색에 취해 불덩이처럼 타오르고 싶다
너의 붉은 가슴에 묻혀
훨훨 타오르고 싶다!

Is it the blood stain you shed out This summer.

OR coquettish gesture In order to hold on the time of no

Returning.

There is no way to fill

The vacancy of my Autumn Blues while

The azalea wine is still brewing in The jar.

  그리움이 달빛을 품을 때

O! October

Being charmed by the hue of dark Crimson

I want to embrace your

Heart like a burning ball of fire

영문 번역 = 변만식 시인

사진 = 워싱턴 DC 수목원에서 이젬마(한국사진작가협회 워싱턴 지부)

눈 내리는 밤

2월 산촌에
하얀 꿈이 내렸다

고요는 소란의 제국을 덮고
길 떠난 자들은 걸음을 멈췄다

허영과 시기, 상실의 외투 털고
욕망 가득했던 숲을 바라보면
비로소 온전한 내가 거기에 있다

어디선가 매화 향기 그윽하고
돌아온 내가 붉은 와인 잔을 들면
너의 숨결처럼 신비롭다

미처 전하지 못한 마음 되뇌며
하얀 그리움에 취하면
밤은 낡은 인생처럼 깊어 간다

세상 이야기

서로를 베려는 건 이념이 아니다.
광장의 소란은 길 잃은 자들의 넋두리다.

광장의 비애

모두가 소리치고 있다
자유와 민주의 구호를…

광장에는 도그마가 춤을 춘다
백색의 윤리는 광포하고
적색의 윤리는 편협하다

낮의 윤리, 어둠의 질서가 뒤섞여
열광과 증오의 시계만이 돌고 있다

낮의 빛 속으로 떠오르는
고매한 기억을 잃어버린
광장은 슬프다

저마다의 아우성에
늙은 달팽이처럼 몸을 사린다

밤은 다시 찾아오고
침묵을 선택한
부끄러움에 술잔을 든다

모순의 법칙

성전의 지폐
월가의 홈 리스
촛불과 태극기

사이코패스의 눈물
꽃의 그림자
침묵의 함성…

모순은 모순되고
빛과 어둠은 하나다

황금시대

빛나던 지혜의 샘물은
황금빛 우물로 변했고

현자들의 턱밑엔
금빛 수염이 자라난다

서로를 바라보던 눈길은
지갑의 두께를 바라보고

명주고름 같은 사랑은
금빛 실타래로 엮였다

가난은 불편한 게 아니라
멸시의 눈빛으로 돌아오고

존경은 두 손 가득
지폐의 무게만큼 불어난다

나는 아니야, 말해 보려 하지만
금빛 속삭임이 입을 막는다

황금시대에 우리 모두는
눈이 멀었다

디지털 시대의 고독

키오스크의 차가운 평면 앞에 선다
뭘 눌러야 하나?
손끝은 허공에서 자꾸 길을 잃는다

보고 있는 유리가 웃는다
뒷사람의 한숨이 등 뒤에 꽂히고
어깨가 자꾸만 처진다

이런 내가 아니었다
비바람을 견딘 입술은 지혜로웠고
예법 어린 걸음은 당당했다

세상이 손안에 들어왔다
스마트폰, 카톡, 유튜브…
말 대신 손가락이 말을 건넸다

오래 묵은 지혜는 쓸모없어졌다
젊음에게 길을 물어야 하고
지식의 강물은 역류하고 있다

편리해진 세상이 편하지가 않다
내 클릭은 오류(Error)로 분류되고
때론 바보가 된 기분이다

디지털 영토에 유배 온

나는 막걸리 잔을 들며

황혼을 향해 만가(挽歌)를 부른다

이 고독은 숭고하지 않다

어제와 오늘

어제의 선의(善意)는 오늘
악의(惡意)의 그늘에서 잠든다

희망의 충만함이 떠난 자리에
오늘 절망이 날개를 편다

한낮의 미가 덧없이 지면
오늘 밤 추함이 일어선다

졸렬한 시기와 허세에 허우적대다
오늘 너그러운 그림자가 감싼다

어제 난 진보를 자처했는데
오늘 난 보수적이다

너는 나이고
나는 너다

내 안에 좌가 있고 우가 있으며
앞이 있고 뒤가 있다

내 안엔 너희
둘이 함께 산다

무너진 탑

이성(理性)의 성벽은 무너지고
허위의 강물이 메마른 땅을 삼킨다

거짓의 혀는 달콤한 꿀을 뱉고
탐욕의 눈은 진실을 외면한다

하늘에 닿으려 쌓았던 지식의 탑은
무용(無用)의 돌무더기로 흩어지고

현혹의 그림자 드리운 광장 위
광기 어린 깃발만 나부낀다

그릇됨을 바로잡으려던 낯꽃들에는
교언영색(巧言令色)만 가득하고

아름다움을 가리키던 손가락들은
서로를 향해 겨누는 칼이 되었다

한때는 지혜를 논하던 입들이
저급한 속삭임으로 가득 차고

한때는 이상을 품었던 마음들이
이제는 허망한 환영에 취했다

타오르는 불꽃은 모두를 집어삼키고
그 위에서 광란의 춤을 추는 사람들

먼지 속에서 숨 쉬는 진실은
아무에게도 들리지 않는 절규가 되었다

오, 비극적인 인간의 얼굴이여
스스로 쌓은 무덤 앞에서
괴물이 되어 환호한다

함께 가는 길

사방을 둘러보니
화난 사람들뿐

모두가 칼을 들고
승리 아니면 패배를 외치며
자신을 찌르고 있다

사방을 살펴보니
똑똑한 사람들뿐

모두 서로 다른 진실을
목 놓아 외치며
바보 흉내를 내고 있다

그들도 알 거다
돌멩이는 차갑고
불꽃은 뜨겁다는 걸

그들도 알 거다
왼쪽도 오른쪽도 아닌
길이 있다는 걸

나는 아니다, 라고

힘주어 강변하지만
몸은 다른 길로 가고 있다

별 볼 일 없어 보이는 그 길
아는 사람들은 안다

서로 다른 외발 묶어
함께 그 길 걸을 때
넘어지지 않는다는 걸

어두운 밤에도 길 잃지 않고
별빛과 달빛 품을 수 있다는 걸

인생 이야기

꽃과 그림자는 양립하지 않는다.
서로는 서로의 존재다.

워싱턴의 새해 일출

타이들 베이신*에 스미는 고요한 황금빛
시간의 경계가 무너지는 몽환의 물결

잠에서 깬 새들은 비상하고
어둠 헤치고 열리는 장엄한 신세계

삶은 덧없어도 태양은 다시 떠오르니
기억하라!
벚꽃 무도회의 분홍빛 희열
제퍼슨 기념관 하얀 기둥에 기대어 웃는 여인들을

꿈틀대는 생명의 기척들이여
숭고한 신생의 일출을 찬미하라

지난 상처를 쓰다듬고 다시 일어서라
우리의 삶은 더 강인해질 것이다

* 워싱턴 DC의 포토맥 강 옆에 있는 호수.

 그리움이 달빛을 품을 때

사진 = 황휘섭(한국사진작가협회 워싱턴 지부)

수선화

셰넌도어 산밑 돌담길
노란 봄이 피어났다

봄의 성화에 이른 꽃잎 피운
나팔 수선화

겨우내 인내의 시간 잊은 채
환한 소망의 향기 뿜어낸다

봄으로 가는 길
우리 삶도 이처럼 활짝 피어났으면…

구름의 그림자

안데스 산맥에 앉아 콘도르의 활공을 보고 싶다는
늙은 소경의 소망은 이뤄지지 않았다

왕의 비밀을 알아버린 복두장이의 대나무 숲은
윙윙, 허무한 바람만 쏟아 냈다

몽골 기병의 매서운 눈매는
말 달리던 초원에 흩어졌다

궁극에 도달하지 못한 스님의 발걸음은
동안거가 끝나도 가볍지 않았다

정의 위해 싸우던 투사는 독재의 얼굴을 닮아 가고
그건 바람의 흉터라고 애써 말한다

술잔 높이 들어 맹서한 사랑은
바람난 나귀의 뒷발질처럼 허공을 갈랐다

삶은 구름의 입맞춤 같은 것
자기의 그림자만 쫓다 지쳐 가는 길

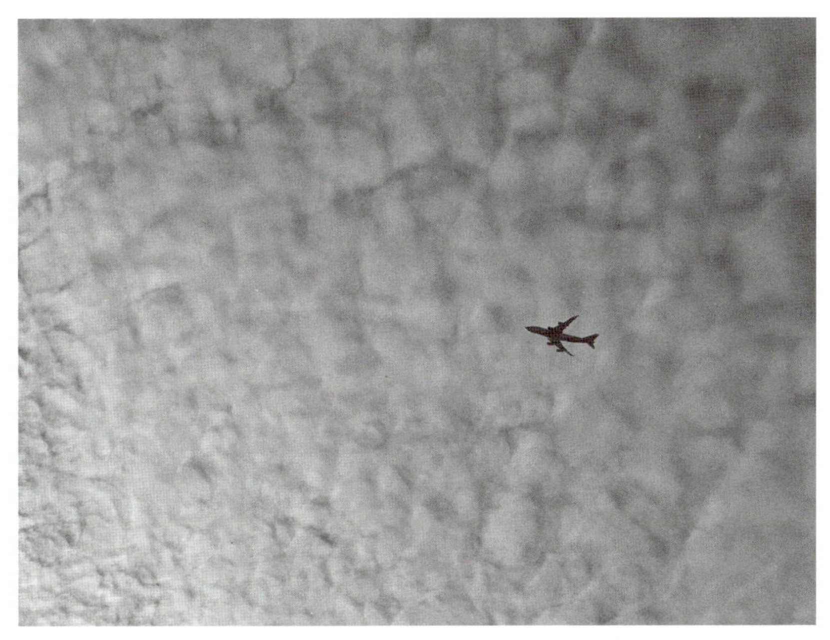

매일 일어서지만

나면서 상처는 시작됐다
부조리는 세상에 차 있었다

삶이 녹록지 않음을 깨닫자
절망은 시작됐다

넘어지고 엎어지고
매일 일어서지만, 일어서야 하지만

희망은 고단한 우물에 익사하고
미륵은 하생(下生)할 기미조차 없다

누가 그랬다, 자신을 믿어라
뭘 믿으란 말인가

백주(白酒)에 시름 담아 마시며
그저 웃을 뿐…

섬

어느 날 불어온 칼립소의 바람
낯선 언어의 바다에 배를 띄우고

오랜 시간, 같은 자리에서
푸른 섬의 심장 소리를 들었지

이윽고 난 섬의 일부가 되었네
이제 나의 뿌리는 사라지고
나의 집은 희미한 기억이 되었지

저 멀리 수평선 끝을 바라보며
내 안에 잠든 섬을 찾네

그곳엔 내가 밟았던 흙냄새와
나를 껴안아 주었던 나무들이 있겠지

뭍도 바다도 아닌 곳에서
끝없이 흔들리는 섬
내가 서 있는 곳은 어디인가

나는 잊힌 노래를 부르며
오늘도 덧없는 바람에 몸을 맡긴다

 그리움이 달빛을 품을 때

술잔의 풍경

술잔에 봄을 담으니
연둣빛 향이 일렁인다

고향의 낮은 담장
라일락 향기에 취한 방황
첫 키스의 달콤함

술잔에 여름을 담으니
푸른 열기가 출렁댄다

무모한 질주와 갈증
격렬한 좌절
애락에 젖은 땀 냄새

술잔에 가을을 담으니
빛바랜 기억들이 살랑댄다

후회의 눈물
쓰디쓴 이별의 맛
사라져 버린 얼굴들

술잔에 겨울을 담으니
묵직한 침묵만이 흐른다

희망으로 벅차던 날들의 숨결
낯부끄러운 순간들
외면했던 슬픔의 그림자들

잔을 들어 내 그림자에 건넨다
내가 마신 것은 술이 아니라
길의 무게를 견뎌 낸
묵묵한 삶이었음을…

인생이란 나무

너의 새잎에 어리던
봄의 섬세한 혁신

푸른 혈맥 꿈틀대던
성성했던 너의 여름

불온한 바람에도 흔들리지 않고
깊은 가을의 고독 삼키던 너

이제 황혼의 실루엣으로
묵직한 저음의 위안을 주는

너는 우리다

사진 = 이요한(한국사진작가협회 워싱턴지부)

저무는 바다에서

팽팽한 돛 올리고
거친 파도 가르던 만선의 꿈
저무는 노을빛에 잠기고

닿지 못한 항구
놓쳐 버린 인연들
갯벌 위에 회한(悔恨)처럼 얹혔다

한 생애 밀어 올리느라
지친 폐선의 거친 숨소리
갈매기가 위로를 보내고

수평선 바라보는 눈빛은
머잖아 척추 바로 세워
창해(滄海)로 달리자는 약속

저무는 것은
사라지는 것이 아니며
바다는 다시 차오른다

사진 = 이경호(워싱턴사진작가협회)

내 그림자와 춤을

구름 간 데 어디인가

매미 소리 요란한데
선사 자취 묘연하니

난 달이 되고
때론 별이 되어

내 그림자와 춤을 추고
저 깊은 숲과 포옹하며

활공하는 매처럼
고독한 자유 누리며

묻지 않으리
나 어디쯤 있느냐고

리국 시집에
그리움이 달빛을 품을 때
– 한 디아스포라의 서사록

박이도/시인, 경희대 명예교수

시인 리국이 첫 시집 〈그리움이 달빛을 품을 때〉를 내놓는다.

나는 리국이라는 인물을 모른다. 그가 한국인이며 한국어로 서정시를 썼다는 것밖에는 모른다. 어떤 이유로 미국으로 이민해 디아스포라의 삶을 누리는지는 더더욱 모른다. 이 시집을 통해 그의 사유체계를 알아볼 작정이다.

이 시집에 대한 개관은 작품론에 치중할 것이다.

리국은 식물성의 시어를 많이 원용하고 있다. 지나온 삶 속에서 순진하고 소박한 인간관계를 회고조로 재현시키는가 하면 한편으로는 조국의 혼란 상황에 대한 연민의 정을 토로하기도 한다.

이별 후

너를 보내고
마른 바람 왜 그리 불던지
홀로 남은 길
눈물 없는 슬픔만 가슴을 때린다

어차피 생은 혼자인 걸

다짐해 봐도

서러운 연모(戀慕)는

국경을 헤매는 집시처럼 찾아온다

님은 저만치 있는데

내 사랑의 윤리는 황혼 속에 다투고

기다림조차 사랑이기에

노을 뒤에 숨은 그리움은 지지 않는다

사랑하는 상대와 작별했다. 시 속의 화자는 2연에서 "어차피 생은 혼자"임을 인지(認知)하고 있으나 사랑했던 상대는 계속해서 화자의 의식 속에 살아 있다. 사랑하는 이에 대한 연모의 정이나 "내 사랑의 윤리" 즉 사랑하는 이에 대한 인륜적 순수한 감정을 강조한다. 끝 연에서 "기다림조차 사랑이기에/노을 뒤에 숨은 그리움은 지지 않는다"는 심미적이고 애상적인 어조로 그리움을 그려 내고 있다.

시 '이별 후'는 사랑하는 이와 헤어지고 쓴 작품이다. 이 작품 외에도 사랑에 관한 시편이 다수 포함되어 있다.
'이별 아닌 이별' 등에는 님과의 작별이 엄연한 현실임에도 이를 인정하고 싶지 않은 속내를 강하게 내비친다.

〈그대 떠났어도/이별은 아니었네/난 차마 보내지 아니 한 것을//그대 떠났어도/내 마음 안에 살아 있네〉('이별 아닌 이별'의 부분)
〈너를 보내고/짧은 여름밤이 서러워/반딧불처럼 울었다//

정념도 한 순간이라/오지 않을 미륵을 기다리는 /청맹과니처럼 흐느꼈다〉('사랑은 7월 장미처럼 스러졌다'의 부분)

리국의 시적 지향점은 회고조의 그리움의 심연에서 소박하고 순수한 사랑의 속성과 그 이별의 당혹감 따위를 서사화하고 있다. 시적 대상이 된 주변 인물들을 통해 결국엔 화자 스스로 체험하고 경험한 것을 관념화하여 재생시키고 있다.

이별에 관한 만해(卍海)와 소월(素月)의 시구(詩句)를 비교해 보는 것도 유의미할 것이다.

〈아아, 님은 갔지마는 나는 님을 보내지 아니하였습니다〉(한용운의 '님의 침묵'에서)
〈나보기가 역겨워/ 가실 때에는/말없이 고이 보내드리우리다〉(김소월의 '진달래 꽃'에서)

산

가장 높은 곳에서
가장 깊은 침묵으로

만년을 굽히지 않고 서 있는
고독한 진리의 수행자

        그리움이 달빛을 품을 때

바위마다 깃든
고대의 충직한 언어들

숲의 고요한 위엄
그 안에 깃든 생명들의 소란

시들 운명을 초월한
꽃들의 황홀한 향연

하늘과 포옹하는
구름은 당신의 숨결

당신의 어깨 위로
달이 눈을 뜨면

가장 높은 곳에서
난 가장 낮아진다

이 시 역시 님에의 그리움을 산으로 빗대어 노래한다.
태초부터 한자리에 터 잡고 자연의 온갖 생명의 보금자리가 되어 준
산의 위엄을 "만년을 굽히지 않고 서 있는/고독한 진리의 수행자"라고
철학적이고 심미적인 정언을 내린다. 독자로 하여금 처연한 정서를 유
발케 하는 대목이다.

무너진 탑

이성(理性)의 성벽은 무너지고
허위의 강물이 메마른 땅을 삼킨다

거짓의 혀는 달콤한 꿀을 뱉고
탐욕의 눈은 진실을 외면한다

하늘에 닿으려 쌓았던 지식의 탑은
무용(無用)의 돌무더기로 흩어지고

현혹의 그림자 드리운 광장 위
광기 어린 깃발만 나부낀다

그릇됨을 바로잡으려던 낯꽃들에는
교언영색(巧言令色)만 가득하고

아름다움을 가리키던 손가락들은
서로를 향해 겨누는 칼이 되었다

한때는 지혜를 논하던 입들이
저급한 속삭임으로 가득 차고

한때는 이상을 품었던 마음들이
이제는 허망한 환영에 취했다

                                     그리움이 달빛을 품을 때

타오르는 불꽃은 모두를 집어삼키고

그 위에서 광란의 춤을 추는 사람들

먼지 속에서 숨 쉬는 진실은

아무에게도 들리지 않는 절규가 되었다

오, 비극적인 인간의 얼굴이여

스스로 쌓은 무덤 앞에서

괴물이 되어 환호한다

　‘무너진 탑’, ‘광장의 비애’ 등 일련의 시편에서는 리국 시인의 현실 인식이 드러난다. ‘무너진 탑’의 첫마디는 “이성의 성벽은 무너지고/허위의 강물이 메마른 땅을 삼킨다”고 질타한다. 모략과 흉계로 무너지고 있는 조국의 현실을 강력히 질타하는 시구이다. 이어서 “거짓의 혀”와 “탐욕의 눈”은 “진실을 외면”하는 부조리한 현실 상황을 비판의 시각으로 보고 있다.

광장의 비애

모두가 소리치고 있다/자유와 민주의 구호를…//

광장에는 도그마가 춤을 춘다/백색의 윤리는 광포하고/

적색의 윤리는 편협하다//낮의 윤리, 어둠의 질서가 뒤섞여/열광과 증오의 시계만이 돌고 있다//낮의 빛 속으로 떠오르는/고매한 기억을 잃어버린/광장은 슬프다// 저마다의 아우성/늙은 달팽이처럼 몸을 사린다//밤은 다시 찾아오고/침묵을 선택한/부끄러움에 술잔을 든다

'광장의 비애'는 광장에 모인 성난 군중의 소리를 중계하는 듯하다. 배반의 정치권력에 억눌렸던 침묵의 소리 억하심정(抑何心情)이 폭발한다. 광장의 목소리를 가감 없이 중계하는 현장의 목소리를 줌인(Zoom In)한 것이다.

모두 6부로 나누어 배열한 시편들, 그 마지막 장에는 과학 문명의 첨단을 치닫는 생성 AI 디지털 시대와 맞닥뜨린 현실에 아연실색하게 된다. 과학 문명을 또 한 차원 높여 주고 있는 이 현실에서 시인은 멘붕 상태에 빠져 왜 고독을 맛보고 있는지?

세상이 손안에 들어왔다
스마트폰, 카톡, 유튜브…
말 대신 손가락이 말을 건넸다

오래 묵은 지혜는 쓸모없어졌다
젊음에게 길을 물어야 하고
지식의 강물은 역류하고 있다

편리해진 세상이 편하지가 않다
내 클릭은 오류(Error)로 분류되고
때론 바보가 된 기분이다

디지털 영토에 유배 온
나는 막걸리 잔을 들며
황혼을 향해 만가(挽歌)를 부른다

이 고독은 숭고하지 않다
('디지털 시대의 고독'의 후반 부분)

　시인 리국 선생의 디아스포라의 모국어 시집 출간을 축하해 마지않
는다.

용인 수지에서
2026년 새해를 맞으며

그리움이
달빛을 품을 때

초판 1쇄 발행 2026년 3월 15일

지은이   리국
펴낸이   이기봉
편집   좋은땅 편집팀
펴낸곳   도서출판 좋은땅
주소   서울특별시 마포구 양화로12길 26 지월드빌딩 (서교동 395-7)
전화   02)374-8616~7
팩스   02)374-8614
이메일   gworldbook@naver.com
홈페이지   www.g-world.co.kr

ISBN   979-11-388-5596-9 (03810)